AF276743

Humor oscuro

Humor oscuro

Luis Delgado Baudet

Colección dirigida por: Ánghel Morales García
Directora de arte: Marina Zambrana
Maquetación: Roxana Navarro Medina

Humor oscuro

Primera edición: 2025
© De la edición:
Ediciones Idea, 2025
Ediciones Aguere, 2025
© Del texto: Luis Delgado Baudet
© De la imagen de la cubierta: Luis Delgado Baudet

Ediciones Idea
• San Clemente, 24 Edif. El Pilar
38001, Santa Cruz de Tenerife
Tel.: 922 532 150
Fax: 922 286 062
• León y Castillo, 39 - 4° B
35003 Las Palmas de Gran Canaria
Tel.: 928 373637 - 928 381827
Fax: 928 382196
correo@edicionesidea.com
www.edicionesidea.com

Ediciones Aguere
• Tribulaciones, 23
38001, Santa Cruz de Tenerife
Tel.: 922 288 724 / 676 863 442
nacioncanaria@hotmail.es

Fotomecánica e impresión: Gráficas Tenerife, S.A.
Impreso en España - Printed in Spain
ISBN: 978-84-10272-81-1
Depósito Legal: TF 680-2025

El perro

Eran las seis de la tarde. Llego a mi casa cargado con los últimos requisitos; unas velas y unas cervezas bien frías. Esta vez nada podía fallar, ¡a la quinta es la vencida! Pido el ascensor. Estoy esperando cuando veo entrar a la casera, una viejita agradable, toda ella arrugas, coronadas por un moño blanco como una nube. Su cara, de pómulos hundidos. La boca empequeñecida; absorbida, sin dientes. Una simple cicatriz. Unos cien años, si no más. Ojos, supongo tenía, pero yo nunca se los vi. Siempre deambulaba por todo el edificio, encorvada, con su viejo bastón. Ver a la casera, ahora, me hacía pensar que estaba atascado en el tiempo. Siempre igual. Pero bastaba mirarme a mí mismo para volver a la realidad.

Llevó encerrado en casa siete meses y en ese tiempo mi piel, antes siempre morena, ha palidecido una barbaridad. Sobre este pálido enfermizo, marmóreo, destacan los pelos negros dando la apariencia de un perro con sarna –ni sin pelos ni con pelos, un término medio–, también he engordado unos doce kilos; me ha dado por comer dulces... Tengo ojeras. Mi nueva barba ha empezado a amarillear en las comisuras de los labios. En definitiva, el tiempo pasa y mi aspecto es deprimente.

Lo que más me fastidiaba era que todo el mundo dice entenderme; Pobre hombre. ¡Hasta los «enemigos» de toda la vida! Qué asco. El peor sentimiento que se pueda tener para una persona es lástima. Pero ya nada importaba...

Esta tarde, al contrario que otras veces, ver aparecer a la casera en el portal me produjo también una cierta inquietud. Seguro que lo sabe todo.

–Buenas tardes.

–¿Qué hay, muchacho?

Yo estoy en los cincuenta años, pero para esta viajera del tiempo siempre seré un muchacho. Le abro la puerta del ascensor. Como siempre, tras maldecirlos –aparatos del demonio–, sube. La casera vive en el tercer piso, justo encima de mí. Pulso el botón y la miro. Una gota de sudor me resbala por la frente, estoy nervioso.

Cuando el ascensor está llegando al segundo piso el perro se pone a ladrar. Odio a ese chucho.

–Bendito animal; ya sabe que llega usted –dice la casera.

Asiento con la cabeza y muestro una mueca que pretendo parezca una sonrisa. Por fin el ascensor para. Nunca se me había hecho tan largo el trayecto. Me despido.

–Adiós, doña Encarna.

Uff.

Con los nervios, no atino en la cerradura y acaban por caérseme las llaves. Me agacho a recogerlas con tal mala suerte que se me caen las velas que llevaba en los bolsillos de la chaqueta. Me levanto, y me digo «tranquilízate». Respiro hondo, me agacho de nuevo, recojo las llaves y las velas. Por un momento, oigo un pitido, la sangre se me ha subido a la cabeza. Me he agachado muy rápido.

La vecina de enfrente se asoma;

–Buenas, don Antonio.

–Buenas –no me acordaba del nombre.

–Como sé que tanto le gustan, le tengo aquí unas pocas garbanzas, me salieron buenísimas –y para evitarme el sentirme como un mendigo añade–. No sé calcular, y siempre hago más de la cuenta.

–No se moleste, se lo agradezco, pero aquí llevo la cena –mostrándole la bolsa con las cervezas.

–No es molestia, además mañana estarán hasta mejores –al tiempo en dos ágiles pasos me endosa un *tupperware* de esos.

–Gracias, gracias –deprimente.

Por lo menos tiene el detalle de volverse y cerrar su puerta seguidamente.

–Adiós.

¡Mierda! Ahora con el taperware de marras se hacía imprescindible depositar en el suelo algo para poder abrir.

Por fin atino con la llave. Abro la puerta. El jodido perro sigue ladrando. Lo tengo atado en la cocina. Es imprescindible. No puede estorbar. Al entrar en la misma a dejar las garbanzas, me enseña los dientes y gruñe. ¡Quita hijoputa! Le doy un empujón con el pie. El cabrón en vez de apartarse, se me lanza una y otra vez ahorcándose con la cuerda

—¡Pollaboba!, ya se encargarán de ti. No te preocupes que vas a estar mejor.

Pensé en darle las garbanzas, pero, tras el recibimiento, se va a joder.

A mí nunca me gustaron los perros, pero mi mujer se empeñó.

Teresa, mi mujer murió hace unos siete meses y aquí está todavía el desgraciado este. Tenía pensado llevarlo a la perrera, pero siempre que me dispongo a hacerlo, no sé por qué coño, me echo atrás, y eso que lo odio, siempre gruñéndome.

—¡Ay, Tere! —suspiro mirando al techo.

Me dirijo con las cervezas y las velas al salón. En mi casa, una casa antigua, la única habitación que vale la pena es el salón. Este tiene como doce metros cuadrados y un techo de cinco metros, ¡casi nada!, enorme. Además, tiene un balcón de esos anchos, pero estrechos, como los de los discursos, que va a dar a una pequeña plaza; «la plaza del Conquistador». Esta; rodeada de casas, con jardines. En un extremo una fuente con sus patos. Antes, muchas veces, por las tardes, cuando refrescaba, me encantaba asomarme al balcón; los niños jugando, las doñas, los abuelos, parejitas, toda una serie de personajes paseando... Ahora, desde hace unos 5 meses no me asomo, lo evito; Pusieron una gran estatua ecuestre en su centro. Vigilante. El Conquistador con su espada en ristre. ¡Al ataque!

El problema radica en que el cabrón Conquistador está apuntando con su espada a mi balcón, amenazante, y dado lo pequeña que es la plaza y el gran tamaño de la estatua, la tengo ahí, a menos de seis metros, una verdadera putada. En un principio moví cielo y tierra para ver si podían moverla para que apuntara a otro lado, pero no hubo manera. Me tenía acojonado el jodido Conquistador. Y, ahora, es el centro de todo.

Me asomo al balcón; Hoy la plaza presenta un aspecto completamente diferente, es el día de los difuntos. Está atestada de gente y siguen viniendo más de las calles circundantes. Estas fechas, son muy señaladas en mi pueblo ya que se celebran las fiestas de la patrona y tras tres días, culmina hoy al ocaso, ya mismo, a eso de las nueve comenzarán los fuegos artificiales. Ya no cabe ni una mosca. El momento se acerca.

¡Pum! Primer aviso; Los fuegos. Un latigazo me recorre todo el cuerpo. Me digo: diez minutos. Manos a la obra.

En el gran salón, tras un gran trago de cerveza, me dispongo a prepararlo todo; En el techo, mediante unos tacos de madera atornillados, cuelgo la pistola, firme, bien sujeta, apuntando hacia abajo. Ató una fina cuerda a una alcayata en la pared, encima mismo de un pequeño estante y la llevo hasta el percutor. La tenso con cuidado hasta que queda cargada de manera que al cortar la cuerda se dispare. La pistola queda preparada. Estando yo en este delicado momento, el jodido perro se pone a ladrar otra vez. De los nervios, perdí los papeles, voy a la cocina mientras le grito

—¡Cállate, hijoputa! —le doy una patada.

Ni me molesto en ver el resultado, pero me consta que esta vez me pase un pelo. Voy rápido al salón. Abro otra cerveza. Un buen trago, miro al techo. Ah..., estupendo.

Ahora mi atención se centró en la catapulta, ya situada en el centro del salón, justo debajo de la pistola. Reviso a ver si está bien colocada, en sus marcas, ¡Bien! La cargo, ayudado de otra cuerda —más gorda— que también ato a la misma alcayata. Compruebo la tensión. Abro las puertas del balcón de par en par, las calzo con unos tacos sería gracioso que una corriente de aire me fastidiara todo. Seguidamente coloco unas velas en el estante debajo de las cuerdas, la de la catapulta, más gorda —1,30 minutos— y la de la pistola, más fina —1 minuto—. Cojo otra cerveza y tras contemplar la obra en conjunto, me asomo al balcón a contemplar la plaza. El policía, debajo del Conquistador, me saluda. Hace cuatro meses por las fiestas del carnaval, los chicos se subieron a la estatua y le amputaron una oreja al caballo, desde entonces siempre hay un policía impidiendo la ascensión. Mirándolo, levanto mi cerveza, brindando al aire.

¡Pum! ¡Pum! Suena el segundo y último aviso, los fuegos están a punto de comenzar. Cinco minutos. Aunque ya estaba todo más que calculado no puedo evitar recorrer con la mirada la distancia desde la catapulta a la espada del Conquistador y viceversa. Reviso los cálculos; distancia, peso proyectil, parábola a describir. ¡Todo bien!

Mi intención es que primeramente la pistola hiciera su trabajo, para asegurarme esta vez el éxito. Seguidamente la catapulta me despedirá en brazos del Conquistador.

Ahora sí van a tener temita de que hablar.

Comienzan los fuegos. El estallido de los petardos despierta al perro de los cojones y ya está otra vez ladrando.

–Ya té queda menos que aguantar. ¡Mamón! –le grito.

Me estoy empezando a poner nervioso, ansioso. Los jodidos fuegos no acaban. La desesperación me embarga. Por fin, parece que acaban, comienza la traca final, ¡Mi aviso!

Me dirijo a la catapulta. ¡Mierda!, ¿qué veo? Debajo, en la base, apenas asomando, de ahí que no lo viera, el martillo. En el prospecto, ponía que era muy importante mantener despejada la base pues el impulso podría variar y, el martillo era de los grandes. ¡Dios!, se me va a hacer tarde. Por suerte me da tiempo de quitarlo. Prendo las velas, me siento en la catapulta, me coloco en posición; las piernas encogidas sobre el pecho, las manos rodeando las canillas. La cabeza sobre las rodillas quedando justo a tiro. Comienzo a sudar, la respiración se acelera, el pecho me va a estallar. Miró al reloj. Quince, veinte, veinticinco segundos. De repente, un ruido, algo cayó. Me vuelvo a ver qué había pasado, me cuesta horrores, las piernas se me han dormido. Pero... ¡Qué coño! El hijoputa perro se había soltado, estaba ahí, a un lado, encima de la base, saltando y... ¡Mierda! Tiene en la boca una vela. La de la pistola. Intento bajar de la catapulta, pero dado el estado de mis piernas, no puedo..., 60, 65, 70, 75, 80, 85, 90 ¡Zasss!, salgo despedido.

Ahora estoy inmovilizado en una cama enorme, blanca. Mis piernas cuelgan de dos poleas describiendo una gran uve, y no precisamente de Victoria. Mi brazo derecho igualmente cuelga. Visto de arriba seguro que parezco una gran marioneta.

No lo entendía aun fallando la pistola, por los cálculos, tenía que haber muerto traspasado por la espada del Conquistador.

Claro el peso del perrito desvió la trayectoria. Y encima los saltitos.

Tocan la puerta. No puedo indicarles el famoso ¡Adelante!, pues en la caída vine a dar con mi boca y nariz en las rodillas del Caballo. Prácticamente no tengo piños. Entran con la misma dos enfermeras. Una de ellas portando al perro de los cojones.

–Mire quien viene a verlo.

Juraría que se está riendo el muy *hijoputa*.

El proyecto

Antonio era un joven tímido, de esos que pasan en un principio desapercibidos, pero con el tiempo se van rodeando de una aureola de misterio. Siempre con ropas oscuras, incluso en el verano más tórrido. Su piel era traslucida de lo pálido que estaba.

En la universidad Antonio siempre deambulaba en solitario, y en cuanto terminaban las clases se iba directo a su casa; A pesar de tener veintitrés años disponía de un apartamento, propiedad de sus padres. Su familia tenía mucho dinero. Una vez allí tenía «compañía». Era de esos amantes de lo gótico; La Ouija, psicofonías...

Llevaba años inmerso en un gran proyecto.

A pesar del «peligro» que entrañaba el uso de la Ouija: Vasos que explotaban sin razón aparente, temblores en la mesa, llegando incluso en ocasiones a levitar. Velas, que utilizaba como medio de comunicación, se apagaban y, muchas veces, al rato, volvían a prenderse. Lejos de amilanarse, Antonio se volvió un adicto.

Tomando todas las precauciones posibles la llevaba usando asiduamente durante años. Seguramente hubiera sido un entretenimiento pasajero, si no fuera porque se percató durante sus «contactos con el más allá», que percibía unos ligeros impulsos, en el momento que el puntero señalaba las letras.

Lo que habría que saber es si Antonio tenía realmente estas «conversaciones», o simplemente eran productos de su mente.

Pronto al tiempo que la utilizaba se conectó a no pocos aparatos de ondas cerebrales... Con Internet y dinero hoy en día podías conseguir lo que quisieras. Ya los primeros resultados obtenidos confirmaban sus primeras impresiones, no eran imaginaciones suyas; la marcación de las letras correspondía con unas leves variaciones en su actividad cerebral detectadas en sus aparatos. Todo muy extraño; no encontraba que tenía que ver su actividad cerebral con la Ouija, pero era un hecho. El problema es que era tan ínfimamente detectado que se traducía a un mero puntito de milésimas de segundo. Se hizo necesario la compra de nuevos aparatos, más potentes, para diseccionar este pequeño impulso; digitalizarlo.

Al final logró distinguir unas pequeñas diferencias en los impulsos que asombrosamente parecían corresponder con el alfabeto dado la repetición de los mismos al indicar la Ouija las mismas letras. Pronto creo una tabla de impulsos y sus correspondientes letras. Pero no fue tan fácil. Había días en que los mensajes eran ininteligibles, disparatados. Estaba ofuscado. *¿Por qué?*

Pronto, tras muchas pruebas, se percató, en un momento de lucidez, de que su estado de ánimo era lo que parecía influir en los impulsos y lo bueno era que los cambios se realizaban de manera similar en todo el mensaje. Es decir, todas las letras e impulsos se incrementaban o decrecían uniformemente. Lo que hizo necesario partir de un estado de ánimo concreto. Tomo como referencia el estado conseguido tras fumarse un porro. Más tarde, creó diferentes tablas que utilizaba dependiendo del estado en que estuviera y no depender del porro pues las calidades del mismo –del hachís– no siempre eran las mismas.

Ahora ya, consiguió que los mensajes casi siempre fueran coherentes en español lo que le hizo pensar, a su vez, que los muertos permanecían en su lugar de fallecimiento, ya que estaba en las islas Canarias. El «casi» llego a la conclusión, tras muchas «traducciones» se debía a los cambios que había sufrido el lenguaje en el tiempo ósea la época del muerto.

Era el momento de conectar la Ouija con el ordenador; para ello imantó el puntero y, colocó plaquitas metálicas en las letras por la parte inferior del tablero, de manera que al posarse éste en la letra se generaba un impulso que mediante un cable llegaba a una sencilla interfaz conectada al puerto paralelo que con sus veinticinco pines era suficiente. Un programa haría que el mensaje fuera apareciendo en pantalla.

Pero cuando todos los problemas parecían resueltos y anecdóticamente tras la compra de un armario, pudo percatarse de que la disposición de las cosas, la luz..., por tanto, todo el entorno, parecía también influir.

Parecía imposible controlar todos los factores.

Cuando estaba a punto de desistir se le ocurrió lo más sencillo; aislarse. Se construiría una gran caja de plomo en la cual se introduciría para usar la Ouija. O lo que es lo mismo forraría todo el cuarto de baño que era muy pequeño con gruesas planchas de 4mm de plomo.

Le llevó meses, pero al final terminó su construcción. Y desde el principio los resultados fueron estupendos.

Los mensajes de vuelta, o sea, las contestaciones, ya no necesitarían de la tabla de la Ouija se mostrarían directamente escritos en pantalla.

Ahora sus esfuerzos se volcaron en transmitir su energía «corporal» al tablero para poder establecer contacto y no tener que estar todo el tiempo con su dedo posado en el puntero. Pronto el problema fue solucionado mediante un casco conectado al mismo.

Una vez conseguido bastaba con colocarse el casco y preguntar. Una vez lograba entrar en «contacto» y hacer las preguntas pertinentes, las respuestas las podría leer en pantalla.

Fueron momentos pletóricos; durante semanas disfrutó de sus adelantos hablando con muchos muertos.

Hoy Antonio se dispone a entrar al cuarto de baño. Iba pensando que, pronto, su idea inicial podría hacerse realidad, y ¿por qué no? comercializarlo. En cada casa un dispositivo para charlar con los muertos, estilo las cabinas telefónicas de antaño. Tenía que ir pensando en un nombre. ¿Y si pudiera seleccionar al muerto en cuestión? Sería la bomba.

Para entrar debía colocar la mano en un tablero en la puerta, a modo de cerradura digital, al tiempo y una vez verificada la identidad del usuario se realizaban las diferentes lecturas –ánimo, tensión…– estas se graban automáticamente en los ordenadores, para tomarlas de base. Una vez entrabas, en una pequeña mesa; El tablero de la ouija ya conectado al ordenador, a un lado el casco conectado al puntero. En la pared un monitor. Las cosas habían mejorado mucho.

Antonio se coloca el casco y comienza a establecer contacto;

–¿Hay alguien?

Pronto aparece en la pantalla un sí.

–¿Quién eres?

–Todos los que somos.

–¿Cuántos son?

–Muchos más que ustedes.

–¿Quieres decirme algo?

–Nos tenías engañado. Hoy hemos conocido tus verdaderas intenciones. Y lo que nos faltaba es que nos prostituyeran incluso aquí. Queremos tranquilidad. Tras unanimidad creemos que la mejor y única solución es que vengas.

Al tiempo se oyó como la cerradura del cuarto se cerraba.

Antonio fue encontrado cinco meses después. Muerto en el cuarto con los cascos puestos. Todos los aparatos estaban extrañamente calcinados. Irreconocibles.

Las vacaciones

Se llamaba Juan, pero en el instituto todo el mundo lo conocía como «Jhony», lo cual ahora que pienso dice mucho del personaje. Hoy comenzaban las vacaciones de semana santa y Jhony ya había hecho todos los preparativos. Al llegar a su casa, vivía solo en un apartamento que le había prestado su tío, tras ponerse cómodo abrió la nevera, llena a rebosar y se preparó una buena cena. Bueno, más bien solo se la calentó, pues los días anteriores había preparado comida para toda la semana. Término la velada viendo diferentes documentales de Madagascar.

A la mañana siguiente, a primera hora cerró todas las ventanas y corrió las gruesas cortinas, de esas tupidas que no dejan que pase nada de luz.

Consciente de que ahora su principal enemigo era el ruido se calzó unas silenciosas babuchas y dispuso unos cubos con agua en el baño para no tener que usar la cisterna; demasiado ruidosa. También prescindiría de ducharse. Unas refriegas con un paño húmedo bastarían.

Desconectó el teléfono. Instaló unos auriculares inalámbricos para la televisión.

Una vez terminó se dispuso a su sesión diaria de rayos para ponerse moreno. Luego, se preparó unas pizzas y pasó el resto del día viendo más documentales sobre Madagascar y alguna que otra película.

Al tercer día sufrió un sobresalto mientras estaba en el sillón leyendo, sonó el timbre del portero. Con el miedo en el cuerpo, fue despacio hacia la ventana y abriendo una pequeña rendija por el borde de la cortina pudo distinguir a Pepín, un chico que vivía cinco calles más arriba.

¡Qué coño quiere este tío!

Pulsó tres o cuatro veces insistiendo, y por lo que, pudo oír estuvo tocando también a los vecinos. Al final alguien le abrió. Se fue a la puerta a mirar por la mirilla, pero no subió. De vuelta a la ventana pudo ver como Pepín se iba calle arriba. Uff.

El quinto y último día procedió a pegar en su mochila descuidadamente una pegatina de embarque que se había agenciado corroboraba su viaje a Madagascar. Tenía que ser colocada de manera que pareciera que si no la había quitado era porque no la había visto. Un descuido. En cuanto las personas que le interesaban vieran la pegatina, delante de ellos se la quitaría bruscamente con unas risas y un ¡Mierda!

Al sexto día regresó al instituto.

Johny con un morenazo envidiable y su mochila a cuestas se presenta en la placita del instituto. Era consciente que iba a ganar muchos puntos con su viaje.

Distingue a lo lejos sentada a Bea, la chica que lo trae por el camino de la amargura. Está con un tío que no conoce. ¿Quién coño es ese?

Se dirige al grupo donde están los colegas sin poder dejar de mirar el perfil de Bea a lo lejos, el motivo de su viaje. Parecía que sonreía.

–¿Qué tal Johny? ¿Por qué no viniste a la fiesta?

–¿Qué fiesta?

–La de Bea. El último día como te fuiste tan rápido no te lo pudimos decir, pero le dimos el recado a Pepín. Ya sabes, el que vive en tu barrio. Hasta Bea le dio una carta para darte. Dice que como no estabas te la dejó en el buzón.

–Pues no me enteré.

–Pues tío te lo perdiste. ¡Un fiestón! Y sabes la Bea estaba por ti. A cada rato venía y me preguntaba ¿Dónde está Johny?, pero al final como no venías se lio con un pavo.

–¡Pero si me dijo que se iba de viaje con sus padres!

–Al final se quedó.

–Bueno ¿Y tú dónde estabas?

–¿Yo? Como ella se iba me fui de vacaciones a Madagascar.

–Madagascar, qué pasada colega. Pues ya me contarás.

Malas pasadas

Coincidí con Anita hace ya más de quince años. En el colegio, estaba en mi clase. Por aquellos tiempos tendría unos trece años y era una chica apocada, tímida. Poseía el «don» de pasar desapercibida. Nadie realmente conocía a Anita. A ella se la veía feliz así.

Pero el futuro le iba a jugar una mala pasada. Anita fue de las primeras de su curso que empezó a florecer, es decir a desarrollarse. En seguida se apreció que aquella, todavía niña, iba a ser poseedora de un generoso culo y pecho. Aquel deambular entre las gentes como un susurro pasó a «mejores tiempos». Anita, ahora, caminaba, pero sus nalgas bailaban, sus pechos rebotaban. Inevitablemente todas las miradas, indiferentes antaño, se volvieron lascivas; posadas sobre aquella maravilla de la naturaleza. Miradas que ella sentía como la desnudaban, haciéndola sentir indefensa, asqueada.

Jenny; como gustaba que la llamaran, era otra compañera de clase. Jenny era flaquita, poca cosa, pero eso no la frenaba y era coqueta como la que más. Durante años fue la cabecilla de las chicas. Se hacía y deshacía lo que Jenny quería. Con los chicos, nosotros, las pocas armas que tenía las suplía con movimientos estudiados, extraños en una niña de doce años; la manera de entrelazar las piernas, el movimiento de su mano y cuello al despejarse el pelo de la cara, que caía liso y formaban olas en sus puntas y todo ello acompañado de una mirada picarona, que insinuaba que podría, pero nunca hubo, haber algo. Jenny triunfaba. Le encantaba tener una corte de hombres y de doncellas rendidos a sus pies.

Los años fueron pasando y mientras el resto de compañeras empezaban a mostrar indicios de su desarrollo, y orgullosas se enseñaban sus incipientes pechos, que muy pronto despuntarían. Imaginándose sus futuras curvas. Jenny seguía plana como una tabla. Aquella chiquilla, zalamera, poco a poco fue perdiendo adeptos y a la par encanto, que ya no eran suficientes. Sus compañeras estaban en otras cosas; sus novios, experiencias…, y los chicos, un tanto de lo mismo. La testosterona barría.

Inevitablemente Jenny pasó a un segundo y tercer plano.

Aquel curso del 75 terminó y luego el paso al instituto hizo que les perdiera la pista a aquellos compañeros de clase. Esporádicamente tenía noticias de alguno por la prensa, noticias tanto buenas como malas, o al cruzármelos en la calle. En este último caso, lo típico; Qué tal, cómo estás, nos tenemos que reunir algún día, llámame. Un intercambio de tarjetas y promesas nunca cumplidas

Pero un día que cogía el Ferry para Las Palmas me encontré con Carlitos, un compañero de la época y durante la travesía estuve un rato charlando con él. Como siempre ocurre cuando ya se ha terminado de hablar del presente; el tiempo, alguna noticia puntera y poco más. No tienes nada más que decir y recurres al pasado común. En este caso, el colegio. Así me enteré de que había sido de muchos de los compañeros y compañeras. Carlitos era amante del Facebook de los cojones y parece ser que mantenía contacto con todo Dios. Y como él es poco dado a hablar...

Y aquí expongo solo lo que me dijo con respecto a nuestras antiguas compañeras Anita y Jenny.

Anita está en la cárcel. Aquella chica, antaño tímida y esquiva, un día explotó y le propino una paliza a un energúmeno que le profería improperios, con la mala suerte de no acordarse que llevaba unas latas de refresco en su bolso y al cuarto mamporro en la cabeza lo mató. Bueno, no exactamente, pues creo que todavía está en coma.

Jenny está en la Bravo Murillo. Parece ser que en vista de que sus pocos encantos ya no le servían para nada y necesitaba imperiosamente sentirse deseada, estaba en su naturaleza. Ya en los últimos años de instituto. Para ganarse «amigos», empezó a ofrecer «servicios» que las otras chicas eran reacias a proporcionar. Y sabes lo que hay. Pura hipocresía. Para disfrutar todo perfecto «la amiga con derechos Jenny» pero para comprometerse hay que buscar algo «limpio», «nuevo». Inevitablemente con el tiempo pasó a ser el pendón del instituto y ya el último año la fama la precedía de tal manera que pocos se le acercaban. Llegados a esas alturas se dejó engordar y ni aun así obtuvo pecho, se convirtió en un pequeño huevo de Pascua. Y con una mala leche que te cagas. Y ahora allí está.

No le pregunté como sabía tanto de Jenny. Pues no creo que este en Facebook. Pero me lo puedo imaginar pues el Carlitos siempre tuvo una polla en la cabeza.

Bueno ahí queda eso.

Traspaso de poder

Llegaba al Mario's con todas mis pertenencias rebosando en el carrito de la compra que me había agenciado en el Merca. Lo dejo en la puerta de manera que lo pudiera ver desde la mesa donde estaban los colegas; Luis, Juampe y El Nito tocapelotas –es que hay por ahí otro Nito–.

–Haw –así nos saludábamos la gente de la peña.

–Haw –a coro como respuesta.

NITO.- ¿Y eso Migue? (*señalando al carrito*).

MIGUE.- Me echaron del piso. El casero es un hijoputa. Dice que lo necesita para el hijo, pero se de buena tinta que es para la querindanga.

NITO.- ¿Y ahora, Nito?

MIGUE.- A ver qué sale.

NITO.- Nito, estás gafado. La semana pasada te despidieron del curro, la Katy te dio puerta. Ayer lo del parque. A ti te echaron un mal de ojo de esos. Fijo. Cuídate eso.

El Luis salió de su ensoñación –siempre estaba en las nubes–, callado, para quejarse: «¡Colega qué mal huele!».

MIGUE.- Tranqui, soy yo que pisé una mierda. Ahora me limpio- le digo.

NITO.- Lo que yo te diga nito.

MIGUE.- Llamé a mi hermana, la Susana a ver si me daba bola esta noche. Dice que tiene que hablar con el novio. Por cierto. ¿Qué hora es? Me dijo que me llamaría aquí.

NITO.- Las siete.

MIGUE.- ¡Juan! (*dirigiéndose al camarero en la barra*) ¿Me han llamado?

CAMARERO.- Hace un minuto llamó tu hermana. Perdona, pero como no te vi, le dije que no estabas.

MIGUE.- Tranqui. Acabo de llegar.

CAMARERO.- Que la llames.

El Migue pidió a los colegas que le echaran un ojo al carro y se dirijo a la cabina. Antes les dijo que le pidieran una garimba. De camino me limpio en la palmera.

NITO.- Ustedes dirán lo que quieran, pero el Migue está gafado. El otro día íbamos por el parque y le cagó una paloma. Al rato casi lo atropella una bicicleta. Y cuando apretó el botón de la fuente del agua lo rompió, quedando todo el mundo de la cola mirándolo atravesado. Yo me despedí no me fuera a pegar el Gafón. Estas cosas se pegan. Y si la coges; hasta que no se la pasas a otro. Jodido.

JUAMPE.- Ya estas con tus tonterías. Una mala racha la tiene cualquiera. Ahora es cuando estamos los colegas. Eres un papafrita.

NITO.- Lo que yo te diga (*bajito, pues Migue ya llegaba*).

MIGUE.- ¡Tirado!, me deja tirado. El novio de la Susana, que no se enrolla... ¿Saben si la pensión de la calle 18 Julio está todavía funcionando?

NITO-. Nito, estás loco, allí te comen las cucas. Luis. Te acuerdas aquella vez, ¡salemas como puños!

Luis se sonríe, asintiendo con la cabeza.

MIGUE.- ¿No me han pedido la garimba? Bueno ya voy yo. ¿Alguien quiere?

Todos levantan la mano.

Cuando Migue estaba en la barra:

NITO.- Lo que yo te diga. Está gafado. Hay que tener cuidado. Eso se pega.

JUAMPE.- Capullo supersticioso.

NITO.- Ahora que lo pienso. Migue podría quedarse en tu casa. Estas solo. Patricia, si no tengo mal entendido, se fue a buscar a sus padres a Barcelona.

JUAMPE.- Es que..., es un mal rollo. Tengo un montón de trabajo. Reuniones..., ya sabes. A ver si consigo el ascenso. Encima tú sabes lo meticulosa que es Patri. Todo ordenado y etiquetado. Luego también están los preparativos de la boda...

NITO.- (*Dándole con el codo a Luis*) ¡Venga ya!

LUIS.- A mí déjame tranquilo y no me metas en tus rollos (*espetó Luis*).

NITO.- Nito (*dirigiéndose al Juampe*), bien sabes que el ascenso no te lo quita nadie. La boda es cosa de Patricia. Además, el Migue lo único que necesita es un sitio para sobarla. Como mucho un par de noches. No le hace falta una niñera sino un colega.

JUAMPE.- Vete al carajo.

NITO.- Al carajo, ¡NO! Es lo que hay.

El Nito y el Juampe siempre están buscándose las cosquillas.

JUAMPE.- Pues para que veas que pasó de tus gurús y tus rollos. ¡Pues sí! Se va a quedar en casa.

NITO.- No hay cojones (*picándole*).

En esto Migue llegaba con la bebida.

JUAMPE.- Migue. Te quedas en mi casa. No se hable más.

MIGUE.- ¿Y eso?

JUAMPE.- Estoy solo en casa. Patricia se fue a Barcelona a recoger a sus viejos y no vienen hasta dentro de tres o cuatro días.

MIGUE.- Gracias, tío. De puta madre.

JUAMPE.- Pero eso sí. Nada de porros en el chozo. ¡Nada! (*mirándolo fijamente a los ojos*). ¿Vale? Tú sabes cómo es Patri. Se queda con todo.

MIGUE.- Vale, vale.

Llevo un par de días en casa Juampe, se está enrollando de puta madre. Anoche nos cogimos una buena.

¡Joder! Las 9:30, ¡que tarde! Me visto como un tiro. El Juampe me consiguió un cancamito; Quedé a las diez en su oficina para darles un cursillo informático a las secretarías. Dos horitas. Word y Excel; lo típico. El cabrón trabaja rodeado de secretarias, creo que es el único hombre en toda la planta. No veas. Tiene que dar hasta un poco de miedo. No sé cómo lo llevará Patricia.

Con lo que me pague me voy a la Gomera a buscar curro. Lo cierto es que ya el dinero me lo adelantó. Doscientos eurones.

Me huelo las axilas. ¡Joder! Apesto un huevo. Me voy a echar una ducha. Para ganar tiempo camino del cuarto de baño me voy desprendiendo del pijama. ¡Craso error! Al intentar quitarme el pantalón, se me traba el pie en la pernera y me caigo.

Ahora cojeando y con un golpetazo en la cabeza entro en la ducha. Corro la cortina. Se despliegan ante mí miles de puntos negros. No conforman ninguna figura. Están todos perfectamente equidistantes. Te lo imaginas. Casi me da un yeyo. A punto de un aneurisma de esos. ¡Pero qué coño estaba pensando el diseñador! Tendría un primo en Pompas fúnebres. Ahora me explicaba la cantidad de accidentes dentro de una bañera. Esto marea a un funambulista. Si no me agarro al grifo a tiempo me hubiera dado un trompazo. La ducha fue más lenta de lo deseado pues cada vez que me enfrentaba a la cortina de marras me mareaba. Curioso; aún a sabiendas que iba a ocurrir.

Terminada la ducha me visto rápido. No encuentro mis gayumbos, bueno los de Juampe, llevo cogiendo de los suyos desde el primer día. JeJeJe. No importa, le cojo otros. Los pantalones de ayer no están sucios. Me los encasqueto sobre la marcha. Una camisa y listo. Las oficinas están cerca de la casa así que después de todo no voy a llegar muy tarde.

Una vez en la recepción del edificio me tengo que identificar y dar el motivo de la visita. Llaman a las oficinas en cuestión. Espero. ¡Por fin! Me dejan pasar.

Parece ser que Juampe está reunido y no puede atenderme así que las chicas le disculpan y se presentan ellas mismas mientras caminamos hacia un despacho grande con mamparas de colores. Me siento en una mesa rodeado por detrás de todas ellas. Por el cartelito, el despacho era de una tal Elena, pero según creía recordar ninguna de ellas se llamaba Elena. O sí.

Todas ellas se manejaban ya con el ordenador así que me limité a solucionarles las dudas que pudieran tener, para luego explicarle algunas utilidades; mailings y poco más en Word y trabajo con tablas, referencias a celdas y fórmulas en Excel…

Ya estaba terminando la clase cuando me empezó a picar la pierna. Para no interrumpirme en la explicación me rasqué con la otra pierna. Note algo raro, así que cuando tuve una pequeña pausa me mire a los pies. ¡La puta! En el suelo al lado de mi pie había lo que parecía…, ¡Qué coño! Eran los gayumbos perdidos. ¡Los de Juampe! Se conoce que, al ponerme el pantalón, con las prisas y dado que muchas veces me quito todo a un tiempo; pantalón y gayumbos, se me había colado este último en la pernera.

Tengo suerte dado que la mesa está pegada a una pared. Pienso que puedo, ejecutando una serie de movimientos, tal como si estuviera anquilosado; estirando las piernas y brazos..., empujar disimuladamente el gayumbo a una esquina. La teoría está clara pero la ejecución es otro cantar. Que decir, no creo que a las niñas les haya quedado muy buena impresión de mí; los movimientos que tuve que ejecutar como poco eran extraños. También colaboró la falta de acierto pues hubo varios intentos fallidos. A esto ya estaba sofocado y comenzaba a sudar. Las orejas me ardían. Las imaginaba rojas como tomates. A una de las chicas, Cande creo que se llamaba, le arranque las gafas, en uno de mis estiramientos fingidos –yo para contrarrestar el movimiento de piernas necesitaba estirar al tiempo las manos–. Lo cual arreglé con unas risas..., que pronto se tornaron en excusas, al ver que se habían roto. La chica se lo tomo bastante bien y proseguí. Al final, a pesar de todo pude lograr mi objetivo y aguantar la presión hasta que terminó la clase. Alegando que no me encontraba bien rápidamente me despedí. Ahí quedaba eso.

Espero tarden en descubrirlo.

Mientras me volvía a casa de Juampe, no podía dejar de reírme, pensando en la cara que pondría la señora de la limpieza al descubrir los gayumbos en el despacho de Elenita. ¿Y quién era Elena? ¿Y estarían los gayumbos limpios o por el contrario muy sucios? Iba desternillado de risa.

De nuevo en la casa me puse a preparar la maleta, pues en dos horas tenía que estar en la terminal del ferry para la Gomera. Necesito un cambio de aires. En quince minutos ya la tenía lista.

Cuando estaba en el baño, pues me había entrado un apretujón, posiblemente de los nervios de la mañanita, empezó a sonar el teléfono. Que oportuno. Saltó el contestador. La voz de la Katy, mi ex.

–Migue, ¿Estás ahí? Por favor, coge el teléfono.

Su voz era dulce. Tranquila. Mi pulso se aceleró. Katy. Como buenamente pude. Sujetando los pantalones con los muslos alcancé el teléfono.

Estuve como diez minutos hablando. Jugueteando con un cojín, enamorado otra vez.

La invité a ir conmigo a La Gomera. Acepto. Me esperaría en la terminal en una hora.

Volví al baño estilo pato para terminar la faena.

Ya vestido y con la maleta en la puerta. Como todavía había tiempo. Me senté en el sofá para prepararme un buen porro para el viaje y por qué no, un tirito también. Había que celebrarlo. Mi suerte parecía cambiaba.

Estaba yo en esta labor cuando siento las llaves de la puerta. Miro para el reloj, la una. Si sale de la oficina a las tres. Joder, se adelantó. Rápido. Recojo todos los marrones y los meto en una pitillera de plata que hay en la mesa. No me dio tiempo a más. Juampe ya asomaba en la puerta.

JUAMPE.- ¿Qué tal fue?

MIGUE.- Bien. De puta madre.

JUAMPE.- ¿Te fijaste en Cande? La rubia. Está de muerte.

MIGUE.- ¿La de gafas? Sí. Tremenda. Buena chica.

Estuvimos hablando un rato. Yo más pendiente de que se levantara al baño o a la cocina a coger algo, para poder eliminar rastros.

Llegado el momento lo único que pude hacer es darle las gracias por todo y despedirme. Bueno. Espero no se enfade mucho. Lo llamaré desde la terminal para que quite él los marrones. Si no me equivoco esta tarde mismo recibía a sus futuros suegros. Será lo mejor. Tengo que acordarme.

A la entrada de la terminal me encuentro al Tarita, no sé por qué lo llaman así pues no tiene ninguna tara aparente. Antiguo amigo del instituto. Ahora vende cupones.

Como siempre para entrarme y encasquetarme un boleto hace referencia del pasado común. Estoy de buen humor y le compro uno.

Guardando estaba el número cuando diviso a Katy entrando por la terminal.

Disculpas. Besos, abrazos. Reconciliación. Una relación sin reconciliaciones no es una relación. En esos momentos el frenesí, la lujuria, testosterona pura, te invade todo el cuerpo. Los mejores polvos; tras una reconciliación.

No les cuento más. Me olvidé del mundo. Llegamos a la Gomera en una nube.

El primer día de estar en Gran Rey conseguí un curro en una terraza, bueno más bien un chiringuito de playa. No pagaban mucho. Pero suficiente.

Katy está casi todo el día en la playa. En los descansos voy a dar con ella. Estamos otra vez bien. Íbamos a quedarnos una semana, pero como nada nos espera nos vamos a quedar dos semanitas más.

Por cierto, el número que le compré al Tarita salió premiado con 4.000 eurazos. Tampoco está mal.

Migue hace un par de horas que se fue. Juampe cansado se había quedado dormido en el sofá.

Suena el timbre.

Al cuarto pitido Juampe despierta. Con los ojos enrojecidos mira el reloj. ¡Mierda! Las siete de la tarde. Patricia y sus padres. ¡Mierda!, ¡Mierda! Sabía que Patricia tenía llave. Llamaba solo para avisarle que ya subía.

Corriendo va al baño; se lava la cara y recompone su aspecto frente al espejo. ¡Jodido Migue!, el baño está todo tirado; restos de afeitado en el lavabo –los pelos estaban pegados y no pudo quitarlos en el momento–, el suelo mojado, la toalla retorcida en el bidé... Ya no hay tiempo. Sale dejando cerrada la puerta tras de sí.

Ya Patricia entraba. Radiante. Con sus padres. Sus futuros suegros.

Tras las presentaciones de rigor. Juampe todavía no conocía a sus suegros. Se sentaron en el salón. Todavía quedaban un par de horas para salir a cenar.

Durante la conversación, la madre no dejó de interrogarle: ¿A qué te dedicas? ¿Qué planes tienes para el futuro? ¿Te gustan los niños?; La señora quería muchos nietos. ¿Eres católico?... Tras acribillarlo, la señora preguntó por el baño.

Esto puso en un apuro a Juampe. Que recordando instantáneamente como estaba el baño principal. Hecho un asco. Le indicó el cuartito de baño pequeño al lado de la cocina. No se le ocurrió otra cosa.

La mujer regresó con la cara descompuesta.

Se sentó de nuevo en el sofá. Y cosa que a Juampe le extrañó y seguro que a los demás también. No abrió la boca en un buen rato. Pero pronto volvió al ataque.

Su marido, permanecía callado, concentrado en los preparativos de encender un puro prácticamente desde que había entrado. Por fin acabo su faena y lo prendió.

Al momento la señora se quejó de la humareda y, según dijo, para contrarrestar el olor, pidió un cigarrillo a Juampe señalando la pitillera de plata. Al abrir la misma se encontró con un amasijo de papelillos, un porro a medio hacer, filtro, medio tubito de bolígrafo Bic...

Le dio un flato. Se puso blanca como el papel. Le dimos aire con un abanico y Patricia fue corriendo a buscar un vaso de agua. Yo cogí un cojín y se lo puse en la cabeza. Durante todo esto la señora ya había abierto los ojos y gritaba.

–¡Drogas! –moviendo la cabeza de un lado a otro.

–¡Mierda!

Esto último lo dijo mientras lanzaba el cojín despedido. No lo entendí, hasta que me apercibí que su cara estaba toda manchada de un color marrón oscuro lo que me llevó automáticamente a mirar al culpable, el cojín, ahora en el suelo, que estaba todo manchado de lo que parecía mierda. ¡Pero cómo!

Lo único que se me ocurrió fue alcanzarle unas servilletas para que se limpiara aquello.

Fue la gota que colmó el vaso.

El marido se me abalanzó a darme un puñetazo. Gracias a Dios. No me alcanzo pues Patricia se puso en medio y paró el golpe diestramente con el ojo.

Todos gritaban y yo me refugié en la cocina. Desde allí vi como Patricia se los llevaba.

La mujer iba restregándose la cara para poder quitarse la mierda, pero no había manera. Era de las consistentes y pastosillas. Lo único que lograba era extenderla, eso sí, logrando un tono más suave. Vociferando injurias. Patricia mientras salía le alcanzaba toallitas húmedas.

–¡Drogadicto!

–¡Asqueroso!

El padre cagándose en todos mis muertos con el puño levantado.

Patricia con la mano en su ojo que empezaba a hincharse. Llorando. Empujaba a sus padres al ascensor. Hasta que no estuvieron en el primer piso –yo vivo en un quinto– no dejaron de oírse improperios.

–¡Desgraciado! Y no va y me mete en un baño entre cubos y fregonas. Apestando a lejía.

–Hijo puta.

¿Qué había pasado?

Esa noche hable por teléfono con Patricia desde el hotel, pues me había echado de casa. Me enteré que su hermano había muerto de sobredosis. Nunca me lo había mencionado. A su madre le afecto mucho. Casi acaba en el psiquiátrico. Se culpaba.

Nos daríamos un tiempo –lo que se suele decir antes de mandarte al carajo–.

De momento se cancela la boda.

Juampe lleva tres días encerrado en la habitación del hotel. Una depresión de caballo –no sé por qué se usa esta expresión–. Hoy se ha propuesto salir e ir al trabajo. Si quiere el ascenso debe estar allí. La supuesta enfermedad no da para más.

Así un tanto alicaído se fue al curro.

Ya entrando por las oficinas noto que el ambiente era tenso. Los saludos más entrecortados. La gente seria. Tenía la sensación de que todo el mundo lo miraba. Fue directo a su despacho. Le extrañó no ver a la secretaria en su mesa.

Estaba con unos papeles, cuando tocaron en la puerta. Era la secretaria. Con aire un poco altivo –cosa me extrañó muchísimo pues era una buena chica, simpática y se llevaban bien–. Me dijo que el jefe quería verme en su despacho. Me puse la chaqueta y me fui a los ascensores. El despacho del jefe estaba en la planta diez.

El jefe me tuvo esperando más de media hora por fuera de su despacho.

Cuando me recibió. Estaba detrás de su escritorio y en su mano tenía un lápiz del que colgaba lo que parecían unos calzoncillos.

–¿Qué me tiene que decir de esto?

–¿De qué?

–¿Cómo que de qué? La señora de la limpieza esta mañana encontró estos calzoncillos tirados en el despacho de doña Elena.

Aunque el Juampe lo ignoraba el *affaire* entre el jefe y doña Elena era famoso en todo el edificio.

–Y yo que tengo que ver con eso.

–Tiene sus iniciales. So capullo.

Efectivamente miré más detenidamente los calzoncillos y eran igual a los míos.

–No eso no puede ser. Será una broma.

–¡Enséñeme sus calzoncillos! ¡Venga! ¡Desabróchese el pantalón y enséñeme sus calzoncillos!

Me negué ruborizado a tal propuesta, pero el poder de persuasión de la mímica –el hombre se remango la camisa. Los puños cerrados. Mirada desafiante. Casi dos metros de jefe– hizo que no tuviera opción. Cuando vio unos calzoncillos igualitos, con las mismas iniciales en su etiquetita encima del paquete, me dio un puñetazo y me echó a patadas del despacho.

Despedido por supuesto.

El traspaso se había completado.

Viaje en el tiempo y el espacio

PREMONICIONES. ¿ABDUCCIONES?

El joven pescador llevaba ya varias noches que a pesar de llegar de faenar tarde y cansado no dormía bien.

–Venga, levanta. Que ya es tarde –era su madre.

–Dios mío, cómo vas a engordar si todas las mañanas despiertas bañado en sudor.

El joven pescador estaba flaco, muy flaco, pero con músculos bien definidos. Fibroso. Se incorporó y asomándose a la ventana vio que ya el sol comenzaba a salir.

–Date prisa que pronto salen. ¡Siempre llegas tarde!

Efectivamente desde el ventanuco pudo ver a sus compañeros remolcando las barcazas al agua. Algunos de ellos, al vislumbrarlo lo llamaban enfadados;

–Siempre se te pegan las sábanas. ¡Venga ya! Las peces no esperan.

Últimamente esta tardanza se repetía y los mayores estaban enfadados. Salió corriendo al tiempo que se echaba una bola de pescado a la boca.

Por suerte, el día fue propicio y al regreso las redes estaban repletas de pescado.

Con los últimos rayos de sol todavía en lontananza llegó a su casa cansado, muy cansado. Al desprenderse de sus ropas vio que su cuerpo desprendía un finísimo vaho que difuminaba su silueta. Todavía tenía el sol en su cuerpo. Ardía. Comió algo y se echó en el jergón que le servía de cama.

Al cerrar sus ojos aparecían miles de estrellas brillantes que se sucedían, estallando, hasta fundirse en un solo punto de luz incandescente. Se imaginó volando hacia el sol. La costa, el mar, se alejaban y él subía, subía. A medida que ascendía, su cuerpo se hundía –acción y reacción–. Era agobiante, como si estiraran de él por ambos extremos.

A pesar de todo pronto quedó dormido.

Como siempre los gritos de su madre, lo despertaron.

Logró abrir los ojos, lo que por un instante pareció imposible.

Ya apuntaban los primeros rayos de sol.

A pesar del tiempo transcurrido seguía con el cuerpo agotado. Últimamente esta sensación se repetía. No lo entendía.

Hoy, en el poblado no se saldría a la mar. Tocaba preparar los pescados del día anterior; montarían los cañizos para colgarlos, salarlos…

A la tarde irían a echar un vistazo a las nasas de cangrejos y a recolectar cocos…

Por la noche se reunirían alrededor de un buen fuego donde ahumarían parte del pescado, al tiempo los mayores contarían historias hasta muy entrada la noche.

En definitiva, un día de asueto.

Traslación

Durante la tercera noche, ocurrió.

El sueño, como siempre, no terminaba de llegar. Su mente y su cuerpo no se conciliaban. Con los ojos cerrados esperaba.

Hizo descender su mano –o así lo creyó– para taparse con la sábana y no encontró nada, sus dedos bailaban en el aire. Se asustó. Su primer impulso; abrir los ojos. No pudo. Le fue imposible. Sin embargo, empezó a imaginar. ¿O no? que flotaba por encima de la cama envuelto en un halo de luz brillante, ingrávido. Sensación agradable pero inquietante. Su cuerpo era apenas distinguible, casi transparente –claro que él no lo sabía–.

Un calor intenso lo atravesó, seguido de fuertes calambres. Y noto que comenzaba a ascender; la cama se alejaba poco a poco. Su cuerpo ya incorpóreo traspasaba el techo; los travesaños de madera, las hojas de palma... ¡Sin romper nada! Simplemente lo atravesaba. Y subía. Subía cada vez más rápido. Las luces de las casas iban desapareciendo. Pronto el pueblo desapareció. Escondido en la noche. La luz se apagó.

Despertar

Aunque su mente estaba ya despierta. Espero, como gustaba hacer, poco a poco, a despojarse de los restos de la noche hasta que su cuerpo estuvo completamente activo.

Entonces abrió los ojos, bueno lo intentó pues una luz cegadora le golpeó y tuvo que cerrarlos, dejándolo ciego por momentos. Confundido se incorporó bruscamente y poco a poco logró abrirlos. Con la mano a modo de visera quedó mirando a su alrededor. Estaba en medio de una pequeña playa de arena amarilla. Esta estaba protegida, resguardada del viento, por dos brazos de piedra. Una pequeña cala. Al fondo, detrás, desembocaba un pequeño barranco. No reconocía nada. ¡Dónde coño estoy!

Su primera reacción fue correr presuroso hacia las piedras para subir a otear el horizonte en busca de algún punto de referencia que le ayudara a ubicarse. Solo al llegar arriba notó que sus pies sangraban, aquellas piedras negras estaban afiladas como cuchillas más no les dio importancia en su ansia de encontrarse. Escudriño el horizonte; Todo lo que abarcaba su vista al frente y a los lados era mar, detrás un muro de piedra negra.

Ahora sí, sus pies empezaron a reclamarle atención. Tenía algunos cortes bastante profundos y dolían. Aprovechando un charco se los lavó para inspeccionar y ver el alcance de sus heridas. Pero no se concentraba en lo que hacía; su cabeza trabajaba a marchas forzadas, necesitaba imperiosamente una explicación a todo lo que le rodeaba.

Así quedó largo tiempo y tras horas de cavilación la única explicación que encontró fue que era una broma pesada de sus compañeros pescadores por llegar siempre tarde por las mañanas, los cuales lo habían trasladado a este lugar durante la noche. Era increíble pero no había otra. La mente necesita de explicaciones y aunque esta era un tanto absurda, el hecho de llegar a ella le tranquilizó el espíritu y le permitió continuar. Sin explicaciones comienza la no cordura, la locura.

A trompicones, descendió hasta la playa. Mañana continuaría explorando. Ahora su estómago lo reclamaba.

Pronto se hizo al lugar. Y si la primera comida solo consistió en lapas y algún que otro mejillón crudo. Ya por la noche disponía de fuego –en su aldea desde la más tierna infancia aprendían este arte– y de algunos cangrejos.

En los siguientes días se hizo con agua; extraída de algunos cactus que crecían en el barranco, y por suerte abundantemente. Disponía de pescado y algún que otro pulpo, por lo que pudo prepararse unas jareas y algunos ahumados. El barranco también le proporcionó leña y también pudo recolectar algunas bayas y hierbas. Incluso tuvo tiempo y ganas de habilitar una pequeña cueva aprovechando un saliente en uno de los brazos de roca que protegían la cala.

Y todo porque todavía en su fuero interno, a pesar de haber pasados ya una semana, continuaba esperando –pues las esperanzas es lo último que se pierde y se aferraba a la única explicación; la supuesta broma– a que sus compañeros vinieran a buscarlo tras el «escarmiento». Imaginaba las caras que pondrían cuando vieran que estaba instalado con todas las comodidades. Les daría una lección. Seguro que esperarían encontrarlo desesperado.

DESENLACE

Una mañana de la tercera semana, cuando estaba haciéndose una especie de nasa, a lo lejos distinguió una embarcación que se acercaba.

Antes de que lo vieran, rápidamente se dirigió a su cueva, y se acomodó confortablemente en su cama de algas. Y se puso a confeccionar un collar con las conchas de los burgados y otros caracoles. Quería que lo encontraran de esta guisa; distendido, relajado, controlando la situación. Pronto escucho el sonido de la embarcación al llegar a tierra. Esperaba nervioso a la par que contento.

Unos pasos se acercaban a la cueva.

–¡Guardia Civil! Salga de ahí.

El pescador que no entendía nada. Esperó confundido.

–¡Que salga de ahí! Y que veamos las manos.

El pescador continuaba esperando.

Pronto uno de los guardias civiles entró con un palo y lo invito a salir de la cueva. El pescador, aturdido. A base de golpecitos que le propinaba aquel individuo, salió.

–A ver. ¡Documentación! ¡Licencia de pesca! –mirando los restos de unos pescados que estaban dispuestos en una piedra a modo de plato–. ¡Permiso para estar aquí!

El pescador permanecía callado. No entendía nada.

–Te has instalado bien. Como en casa, ¿no? ¡Mira esto! –dirigiéndose a su compañero y señalando dos pequeños montículos de caparazones de lapas, mejillones, burgados…–. También mariscamos. Eh –dándole unos golpes con lo que parecía un palo–. ¡Licencia para mariscar! Vaya, algas también –el guardia civil se asomaba al interior de la cueva–. ¿Usted no sabe que está prohibido coger algas? ¿Y estos brazos de cactus cortados? ¡Menuda salvajada! ¿No sabe que estos cactus están protegidos? Coño, pero si tenemos aquí también orégano. ¿No sabe que esto está prohibido? Y este fuego. No está bien apagado –el pescador intentaba siempre mantener los rescoldos encendidos–. ¿No sabe que no se puede hacer fuego?

Al tiempo el otro guardia civil había descubierto los palos donde colgaban las jareas.

–Antonio, mira esto.

Tras echar un vistazo, el tal Antonio fue ya a ponerle las esposas al pescador. Este asustado. Sin comprender nada, sale corriendo barranco arriba.

–¡Alto ahí! Deténgase.

El pescador siguió corriendo desaforado.

El guardia civil, coge la pistola, apunta y le pega un tiro en la pierna.

Ahora el pescador está esposado en la barca de la guardia civil. Camino del cuartelillo.

El peligro de los sueños

Pedro y Juan son dos amigos que se disponen a coger un avión, cuyo destino es equis, para la firma de un importante contrato. Desde las ventanillas del *Boeing 437*, ya se distinguían las islas equis.

–Parece que ya queda menos.

–¡Venga tío! Alegra esa cara –comenta Juan para ver si dándole conversación animaba a su amigo, que ofrecía un aspecto un tanto lamentable; pálido.

–¡Qué quieres! Esto de volar nunca me ha sentado bien. Si no llega a ser por lo importante del acuerdo, no me coges ni loco. Y para colmo la puta rodilla me está matando.

–Venga ya, no es para tanto. Llegamos, por la tarde firmamos y mañana temprano estamos de vuelta.

–¿Qué coño tiene que ver una cosa con la otra? Capullo.

–Vale. Déjalo ya.

«Pasajeros abróchense los cinturones, estamos llegando a… Espero que hayan tenido un vuelo agradable».

Al oír esto Pedro se sofocó aún más.

–Mierda –espetó abrochándose el cinturón, y agarrándose con fuerza al asiento. Tieso como un palo, apretando el esfínter.

–Coño, relájate –le decía Juan, mientras sonreía ante la postura de su amigo

–Lo intento, mamón.

Después de unos momentos, trágicamente inolvidables para Pedro, el avión aterrizó sin problemas.

–Bueno, ya estamos. ¿Ves que no fue para tanto?

–Vale, lo que quieras, pero vámonos con la misma al Hotel, todavía estoy con náuseas –andaba renqueante con la rodilla dolorida.

De repente Juan al salir de la terminal del aeropuerto se queda parado, como confundido, hipnotizado, mirando al horizonte. El paisaje era increíble, un cielo azul brillante, limpio, se extendía inmenso, al fondo, muy lejos las montañas, como agujas apuntando al sol.

–Pero Juan, ¿qué coño pasa ahora? Venga, Vamos, no me encuentro muy católico –asiéndole del brazo.

–Es este paisaje…

–¿Qué?

–Nada…, cosas mías. Mira parece que allí hay una parada de taxis.

Cogen un taxi, bueno lo que en estas latitudes llaman taxi, este era de tres colores; La puerta roja, de un rojo apagado. El capo sin pintura, digamos color plata y el resto del coche blanco amarillento. Dado que los sillones estaban completamente vencidos, hundidos, nuestro amigo Pedro iba agarrado al asa para amortiguar mejor la multitud de baches, para colmo a ratitos le entraban náuseas y tenían que coger aire por la ventanilla. Un ejercicio jodido dado que la ventanilla estaba atascada y solo se abría hasta la mitad. El pobre iba sudando como un cerdo, y rojo como un tomate. Tampoco ayudaba el olor del taxi que encerrado en sus sillones se veía expelido a cada bache como si se tratase de un ambientador de esos eléctricos. Sin embargo, Juan a pesar de todo iba conversando amigablemente con el taxista. Tras treinta minutos de una carretera estrecha, con infinidad de curvas por toda la línea de costa, llegan al hotel. Pedro estaba fatal, provocado.

–¡Por fin! Primero el avión, luego el taxi, no sé qué ha sido peor. Estoy destrozado. Tengo mal cuerpo –se pone una rebeca que saca de la maleta.

–¿Y esa rebeca? –pregunta Juan, interrogándolo con los ojos.

–¡Está guapa, eh!, me la compre el otro día. Pero, ¿qué te pasa? Te has puesto pálido.

–Mira Juan, vamos a la habitación debo contarte una cosa. Todo esto es muy raro.

–Pero, ¿qué te pasa?, se supone que el que se siente mal soy yo.

Una vez en la habitación. Un Juan nervioso le contaba a su amigo.

–Pedro tú sabes, más de una vez te lo habré contado, que a veces he vivido cosas que creo haber soñado antes, por ejemplo: cuando el accidente por fuera de la oficina, mientras desde la ventana te decía que había soñado con uno. En el mismo sitio. Cuando la inauguración del Concorde, yo vaticine que algo iba a ir mal en ese viaje; lo había soñado. Y otras mil cosas… Siempre negativas. Esto siempre ha sido motivo de mofa en la oficina. El Pájaro de mal agüero, *El cuervo*. ¿Te crees que no lo sé?

—Pero Juan tú sabes que yo paso de todas esas mariconadas.

—Calla, calla, deja que termine. Bien, llevo dos días soñando, es difícil decirlo… contigo.

—Normal, ¿tú has visto el cuerpazo? –al tiempo que tensaba sus músculos, mientras se reía.

—¡Joder! Déjame seguir. En el sueño sufrías una especie de ataque al corazón, un dolor en el pecho y… Morías. Pero lo que me tiene más inquieto es que… ¿Recuerdas el paisaje a la salida del aeropuerto?

—Sí, claro. Te quedaste paralizado por un momento.

—Estaba en el mismo sueño. Y cuando vi la rebeca todo me empezó a dar vueltas.

—En el sueño la llevabas puesta. ¡La misma! Yo nunca la había visto.

Juan daba vueltas por la habitación del hotel, mientras hablaba.

—No seas hijo de puta, no bromees con esas cosas.

—Aquí nadie está bromeando. Te juro que es verdad. Estoy preocupado.

—Mira Juan, no me jodas. Me encuentro fatal –sentado en la cama, y agarrando su cabeza entre las manos–. Yo voy a llamar a recepción a pedir unas aspirinas, me echo dos horitas, una ducha y luego vamos a ver un poco la ciudad hasta la hora. No son sino las nueve de la mañana. ¿Vale?

–Pero Pedro, ¡hay que hacer algo!

–¿Vas a seguir? ¿Qué quieres? Que queme la rebeca y rompa el digamos «ciclo». Venga Juan… no me jodas. ¡Vete!

Juan salió de la habitación. Tenía que hacer algo. Pero ¿el qué? No habían pasado ni veinte minutos cuando Juan irrumpe en la habitación, despertando a Pedro.

–Coño, ¡ahora que te pasa!

–Pedro, por tu madre, me tienes que hacer un favor. ¿Sabes lo que hay a dos manzanas de aquí? Un hospital.

–¿Y?

–¿Te das cuenta?

–¿No?

–Tienes que ir y hacerte un chequeo, total a lo más veinte minutos. No puedes negarte. Estoy preocupado. Si hace falta yo te lo pago.

–¿Estás loco?

–No te cuesta nada, un par de placas, un par de pinchazos, veinte minutos, te digo. Así me quedaría tranquilo. Venga. Total, te toca chequeo el mes que viene. Lo adelantas. Además de paso te miran esa rodilla que no tiene buena pinta. Luego, nos damos una vuelta hasta la hora de la firma. Además, así el próximo mes tendrías un día libre.

Juan estaba desencajado, se le veía desquiciado por el tema.

–Bueno, bueno, vale. Déjame dormir media horita más y luego vamos. Te miro a la cara y me preocupas más tú que tus mariconadas.

A las dos horas caminaban hacia el hospital.

–Te podías haber puesto otra cosa y no la rebequita de los cojones.

–Bastante has conseguido. Venga, acabemos con esto.

Han pasado cuarenta minutos, y Juan está inquieto en la sala de espera. Pedro en una habitación, a la derecha al fondo del pasillo, haciéndose las pruebas. Una enfermera sale de la habitación corriendo.

–¿Todo bien?

–Sí, solo faltan los últimos resultados.

–¿Y esas prisas?

–Me llaman de maternidad.

¡Mierda! Qué susto me dio la cabrona.

A los diez minutos Pedro salía de la habitación acompañado del médico, este le daba la mano y sonreía. A Juan se le quitó un peso de encima.

–¿Te das cuenta, Juan? ¡Fuerte como un roble!

Los dos amigos abrazados iban al hotel entre bromas. No llevaban caminados ni cien metros cuando Pedro se lleva la mano al pecho, se apoya en su amigo para no perder el equilibrio y pierde el conocimiento. Juan ayudado por la gente lo lleva de nuevo al hospital.

Pedro es conducido a una sala rodeado de enfermeras y médicos. Juan por fuera de la puerta esperando, desencajado. El médico saliendo rápido le pregunta a Juan.

–¿Oiga sabe usted si su amigo sufre algún tipo de alergia?

–Que yo sepa no. Pero realmente no lo sé. ¿Qué ocurre?

El médico lo dejó con la palabra en la boca, ya se había vuelto a meter en quirófano.

*

–Sentimos comunicarle que su amigo ha fallecido. Por un momento volvió en sí. Parecía que lo podríamos recuperar, cuando sufrió otro ataque que ya no...

–¿Cómo dice?

–No sé si será importante, pero durante su recuperación repetía incesantemente, algo así como «El Tuerto» o «El Cuervo», no sé si significará algo para usted o simplemente deliraba. Ya le digo, lo siento mucho. Ahora están viendo cuales pudieron ser las causas de la muerte; todo parece indicar que podría haber sido algún tipo de alergia. Es todo muy extraño. Todos los análisis indicaban que era un hombre sano.

Juan quedó destrozado. Todo su cuerpo se le paralizó.

–¿Alergia? –pudo articular.

–Es una de las posibilidades que estamos barajando. Ya le digo, es todo muy extraño. Habrá que avisar a los familiares.

–... El Cuervo.

Tras exhaustivos exámenes se diagnosticó que la muerte había sido por una alergia que sufría

Don Pedro Jiménez Ruiz a la... lo cual el individuo desconocía dado contestó negativamente a la pregunta ¿Es usted alérgico a algún medicamento? Tanto cuando fue preguntado por el médico como en la ficha que tuvo que rellenar y firmar. Esta le fue administrada para tratarle el fuerte dolor que tenía en la rodilla izquierda.

Juan está hecho polvo.

ÍNDICE